花香叶落

李林溪 著

山西出版传媒集团　北岳文艺出版社

·太原·

图书在版编目（CIP）数据

花香叶落 / 李林溪著. — 太原：北岳文艺出版社，2024.6
ISBN 978-7-5378-6849-5

Ⅰ.①花… Ⅱ.①李… Ⅲ.①诗集-中国-当代 Ⅳ.①I227

中国国家版本馆 CIP 数据核字（2024）第 071709 号

花香叶落

李林溪 / 著

//

出品人 郭文礼	出版发行：山西出版传媒集团·北岳文艺出版社 地址：山西省太原市并州南路 57 号　邮编：030012 电话：0351-5628696（发行部）　0351-5628688（总编室）
项目统筹 刘文飞	传真：0351-5628680 经销商：新华书店 印刷装订：四川科德彩色数码科技有限公司
责任编辑 武慧敏	开本：880mm×1230mm　1/32 字数：80 千 印张：7
装帧设计 书香力扬	版次：2024 年 6 月第 1 版 印次：2024 年 6 月四川第 1 次印刷 书号：ISBN 978-7-5378-6849-5 定价：48.00 元
印装监制 郭　勇	本书版权为本社独家所有，未经本社同意不得转载、摘编或复制

目录
CONTENTS

林溪	/ 001
花香	/ 002
等叶落	/ 003
听说	/ 004
落下的太阳	/ 005
江风很凉	/ 006
缘由	/ 007
格子衬衫	/ 008
麦子	/ 009
数风沙	/ 010
找一棵树	/ 011
时空跑道	/ 013
剪云	/ 014

背月光	/ 015
也不倔强	/ 016
绣月	/ 017
打枣	/ 018
比雨	/ 019
月梢	/ 020
忽而明艳	/ 022
桀骜的风	/ 023
流浪的人	/ 024
不费周章	/ 025
赶山	/ 026
遥远的爱	/ 027
夜的疼痛	/ 028
风月	/ 029
青稞	/ 030
竹筛子	/ 031
疯长的野草	/ 032
青石板的影子	/ 033
争夺	/ 034
如果	/ 035
箜篌	/ 037
天上的月儿	/ 038
拣竹叶	/ 039

合而为一	/ 040
背篓里的笑	/ 041
便也成了风	/ 042
红烛	/ 043
摘棉花	/ 044
云	/ 045
荧光	/ 046
山野的风	/ 047
我想要的生活	/ 049
相互	/ 052
各有各的名字	/ 053
倒挂的真实	/ 054
熵	/ 055
红纱遮眼	/ 057
窗台的南瓜	/ 059
挽留	/ 060
倒下的树	/ 061
独剩	/ 062
燃烧的羽翼	/ 063
外婆家	/ 064
星空	/ 065
破的天	/ 066
出去的路	/ 067

赤诚	/ 068
开炮	/ 069
几根柴火	/ 070
采蘑菇	/ 072
两只铃铛	/ 073
阿叶	/ 074
斩狼柔情	/ 075
钟楼下	/ 076
小猴子	/ 077
用石头起誓	/ 078
雨,为什么下	/ 079
天荒地老	/ 081
迷蒙	/ 082
拾石	/ 083
瓶子	/ 085
立冬	/ 086
百般慎重	/ 087
它和虫子	/ 088
星星	/ 089
听风	/ 090
咯咯	/ 091
七颗石子	/ 092
银河	/ 093

梦中的桥	/ 094
风	/ 095
人生之外	/ 096
寻找	/ 097
一颗星星	/ 098
梨花	/ 099
鸟儿的故事	/ 100
煎饼的自由	/ 101
你说你是风	/ 102
蝉	/ 103
路	/ 104
立秋	/ 105
决定	/ 106
秋月	/ 107
梨花落	/ 108
九月	/ 109
云的较量	/ 110
到来	/ 111
月色	/ 112
栅栏里的格桑花	/ 113
夜空	/ 115
写	/ 116
小女孩	/ 117

倘若	/ 118
昨夜的风	/ 119
致友人	/ 120
漂泊万年	/ 121
枫林霹雳	/ 122
一株玫瑰	/ 123
坠入	/ 124
另一个我	/ 125
另一个名字	/ 126
红杏	/ 127
遇见	/ 128
有些花	/ 129
信	/ 130
缺口	/ 131
影踪	/ 132
眼睛	/ 133
呼唤	/ 134
闪闪	/ 135
日月	/ 136
上山	/ 137
孩子（一）	/ 138
完成	/ 139
醉酒	/ 140

喊泉	/ 141
立夏	/ 142
果实的季节	/ 143
孩子（二）	/ 144
等待	/ 145
大动干戈	/ 146
秋天	/ 147
冬季	/ 148
西厢	/ 149
慌乱的叶子	/ 150
红衣女子	/ 151
怀抱风	/ 152
秘密	/ 153
泥泞	/ 154
午夜昙花	/ 155
试探	/ 156
模样	/ 157
苍鹰	/ 158
春暖花开	/ 159
寒冬	/ 160
赠离人	/ 161
太阳	/ 162
凉薄	/ 163

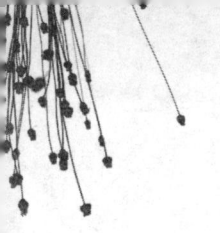

如果你也想要风	/ 164
还我	/ 165
我不与你说话	/ 166
白果	/ 167
奔向你	/ 168
太阳之外	/ 169
蜡梅	/ 170
竹子林	/ 171
预谋	/ 172
我想写	/ 173
木屋	/ 174
荡漾的芦苇	/ 175
今夜,我要远行	/ 176
悲哀的英雄	/ 177
一生的梦	/ 179
断诗	/ 180
奔跑的小鹿	/ 181
缱绻的风	/ 182
从未	/ 183
垂柳	/ 184
背影	/ 185
海底	/ 186
归鸟	/ 187

寒夜	/ 188
秋千	/ 189
所有	/ 190
相思	/ 191
我喜欢听	/ 192
冻僵的猫	/ 193
小松鼠	/ 194
一缕风	/ 195
琉璃	/ 196
第一道风	/ 197
高地	/ 199
苏醒	/ 200
一兜星光	/ 201
捧着你的痛	/ 202
起风的日子	/ 203
槐花树	/ 204
麦田	/ 205
关掉	/ 206

林溪

是青山吟唱的小曲
粉红的鱼儿
是跳跃的音符
我爱
这无忧无虑的
浅唱低吟

花香

总有人前赴后继地来爱你
就像总有蝴蝶去吻花香

等叶落

我曾经在一棵树下
等叶落
每当风起时
我就仰望着
摊开双手
而树叶总是一片一片地
从我指缝中滑落
好似它们认识我
有意避开一样
到如今
我仍然常常
伫立在一棵树下
可我的手
不再摊开
只是深深地
仰望着

听说

听说
蝴蝶在飞来的路上
被风吹折了翅膀
听说
那一朵半开的花
等了整个花季
听说
你在有风的日子
总是在江边徘徊
而我总是在桥上
等着江风来
你可有
听说

落下的太阳

漫天纷飞的大雪
在为我手中的青剑哭泣
荒漠里落下的太阳
被砍掉了一只胳膊
回首　朝阳在山里探出头
被一只兀鹰搋进了峡谷

江风很凉

夜晚的江风很凉
你坐在桥板上
靠着栏杆
双手裹着我
让我靠在你身上
我们轻声地说着话
风划过耳畔
似乎要来偷听
你的情话

这就是我想要的爱情
可我心里却不像
十九岁时那样快乐
那也是静谧的夜晚
幽幽的凉风
那时的爱情
像月亮一样
洁白

缘由

那些你不曾听说的
都有它本来的缘由

那一朵
残败凋零的花
倒在泥土里
抽泣着告诉我
将来的归宿
而我在阳光中
等风掠过
没有颤抖

格子衬衫

把天上所有的云
装进一个袋子里
将格子衬衫在草地铺开
然后打开袋子
把云放在每一个格子里
为每一位路过的人
都送上一朵

麦子

这成片成片的麦子
只是一夜的风
便疯长起来
数不尽的麦穗
看不清哪一颗更加饱满
也看不见哪一根麦秆
比哪一根更加高俊
夜风也没有比过
哪一个时辰更凉
可田埂上的小草
竟抽泣起来

数风沙

我在井水里
数着风沙
一枝青翠的绿柳
从昨夜而来

若你拾起路上的石子
会发现它们都是彩色的
在童年的每一个午后
我们裹在地面上
弹着星星石

甚至将孤独都放在了地里
那里长出了一片片庄稼

找一棵树

我悄悄在树林里
找了一棵树
它有着最好看的模样
看起来不像一棵树
也不像在树林里
我悄悄在它身上点了一个洞
连树自己也不知晓
一个小小的洞
一个小女孩的手指就可以遮住
或者一片羽毛
或者一片竹叶
或者一朵花散开后
飘落的一片花瓣
这么小小的洞
却可以装下我的万千
树自己也不知晓
有可能

在下一个秋天
我去那片森林里
也找不见那棵树

时空跑道

我把自己紧紧捉住
安在了时空的跑道上
呼啸的风吹红了耳朵
纤细的腿也变得巨大
追上了风
比风还狂
听见了岁月如老树呜咽
听不见年少时
窗外蝉鸣

剪云

风起时
要用力扔起风筝
燕子的形状
剪刀一样的尾巴
将飘忽不定的云朵
剪成花瓣一样
一瓣一瓣
坠在石榴裙里

背月光

没有什么让心晃荡
在最颠簸的山坡上
背着一竹筐
月光
我不想带着任何人
即使是我
最心爱的姑娘
就这样
牵着我的灵魂
私奔
在月光下闪闪发光

也不倔强

每个夜晚
将自己打碎
每个清晨
将自己完整
阳光照耀的地方
满是裂纹
镌刻成
最绚丽的敦煌
烈火在燃烧我
烈火在铸造我
打不倒我的让我更强
打倒我的也不倔强

绣月

我将月光
绣在你的衣襟上
当荒山在经历一场浩劫时
只要有风
你就会开出一朵朵花

打枣

我们说好

如果我们爱了

都不要变了

你踮着脚尖

仰着头

拿一根长长的竹竿

敲打树上高高挂着的枣

枣三三两两地掉下

我弯下腰

在树下欢快地转着圈圈

每掉下一颗

我立马捡起来

你看

云还没有飘远

我们的背篓

已经装满了枣

比雨

惶恐写满了脸颊
荒凉比暗夜还要黑
滴滴答答的雨声
像时针一样
催她老去
风吹木门
吱呀吱呀地响
地板也是湿漉漉的
捡起门闩
雨滴打在了脸上
哪一滴雨在前
哪一滴雨在后
看这满世界的雨
可有比过早晚

月梢

仿佛在
月梢
有一个影子
游离在夜空中
钻进我袖口
看见我的每一步
从黄昏到朱光
我按着自己的步调
却每一步
都踩在了命运的
齿轮上
那么迷惑又清晰
纵身一跃
跳出藩篱
而这跳跃
也早已被书写
就如同我今夜

写这些字
每一笔
都是命中注定
可我想打破
这种宿命论
就像戳一个太阳下
五光十色的泡泡
它本就要破裂
可又有什么关系呢

忽而明艳

森林里
盘根错节的古树
郁郁葱葱
一间小小的木屋
抵不住屋外的寒气
她生了一盆
炭火
滋滋燃烧着
火光下
她原本阴沉的脸
忽而明艳起来

桀骜的风

如果我们不定义时间
是不是就没有花开花落
春去冬来的风
为什么一定要给它
命名
桀骜的风
在不羁中颠簸
也在不羁中翱翔
没有哪一种生命应该被
圈养
所有的牢笼都应被
毁灭

流浪的人

流浪不可怜
无处躲避的样子很可怜
我们都在可怜他
他在可怜世界

不费周章

当夏日的烈焰和冬日的寒霜
让娇嫩的花朵变得焦灼又凋零
衰败地落在红土地上叹息
如果熬不过第四个季节
不会知道原来这世界
真的有春风
轻轻地就让花苞盛放
竟然用不着那么费尽周章

赶山

竹叶像雨一样落下
稀稀疏疏
花与叶纠缠
在风中
我在洋槐树下
梦还没来
还没有开始哭泣
太阳还没有上山
拍了拍袖口的尘土
还要赶山

遥远的爱

当人们离我很遥远时
我脑子里全是拯救和理想
当人们离我很邻近时
我只在乎
他们有没有踩到我的脚

夜的疼痛

高高地绾着发髻

拎着旧月

刚铸的铁锹

在最茂盛的榕树下

一把揪住

长夜最漆黑处

用落生时最原始的力

凿开一碗水漾

让晨曦照射进来

如果无法将黑夜照亮

就同它一同天葬

黑发缠绕着最深的夜

夜比黑更黑

一把揪住长夜最漆黑处

一切开始死亡又开始萌动

可有听见夜的疼痛

在呐喊中沉寂

风月

当我收回捕风的手
只是轻轻地握拳
便将整座山川的风月
握在手心
缓缓流淌着
偶有湍急

青稞

碎了的时光
像碎石子一样
铺在上山的路上
一颗一颗捡起来
放在掌心
又碎成了沙
在月光旖旎的山坡上
将过往丢在风里
只管披着月光
去种来年的青稞

竹筛子

小孩
拖出了院子里最大的竹筛子
绑上一根长长的绳索
像风筝一样
放到了夜空中
他怎会有如此的气力
漫天的星星纷纷从筛孔中落下
像雨滴一样
落在山坡上
落在丛林间
落在院子中央那一口深井里

疯长的野草

它在墙角
偷偷探出一个脑袋
立即被绳子套住颈项
小小的黑影不会变得硕大
即使在围魇下
盘根错节地生长
火把已经在来路上
照亮了每一根疯长的野草

青石板的影子

深深的巷子
手里握住一颗星星
仍然是暗夜的雨
闪烁着
心底的海水
淹没了一颗，两颗星星
漫步走着
青石板上的影子
比掉落的柳叶瘦

争夺

我们争夺不了世界
于是,我们争夺
一棵草
一粒种子
一束窗前的阳光
一潭湖水
一缕江畔廊桥朦胧的烟
甚至,连这些
我们都争夺不了
于是,我们争夺
落下的青果
起飞的扬尘
我们发言不用举手
我们连一个短木小板凳
也争夺不了
我们赤脚坐在草堆上
面红耳赤

如果

如果
你把我装进了风里
我就可以看见
每一朵花
如果
你把我装进了风里
我就可以看见
白云在变成雨滴前
是哭泣还是嬉笑
如果
你把我装进了风里
不在山岗上
不在稻田里
也可以看见
连绵的松涛和麦浪
如果
你把我装进了风里

燕子吐出长长的金丝线
一头拴着太阳
一头拴着月亮

箜篌

我在黄沙漫天飞舞的
荒漠处
每夜每夜地种花
直到比天上的星星还多
只留一块空地可以
盘坐拨箜篌

天上的月儿

天上的月儿
只要陪着我就好
不要问我
这深夜
是上山还是下山

草丛里
啾啾而鸣的秋蝉
如同流水般的琴音
徐徐又切切
永不会追问叶子
是否是新绿

拣竹叶

你也在竹林里
拾拣竹叶吗
你的须眉已经斑白了
可竹篮里的落叶
还是会划破你的手
若是林子里的风吹过
能不能悄悄告诉它
这棵竹子下有一片我
刚刚拣起的叶子
它还是那么嫩绿
叫它假装没有看见
不要吹折了它

合而为一

我终于将自己分离
我陪着你
你陪着我
又终于将自己合二为一

背篓里的笑

山楂树下的草丛
湿漉漉的淋了一夜的秋雨
深巷子里的女儿香
埋在了更深的井里
你走后背篓里的云
飘向了天空
手心里的红丝线
缠绕在树下
若把门前竹编的栅栏
掀开
刚抬头就撞见
背着背篓的你

便也成了风

将我放在风里
我便站在风中长成一棵树
将我放在悬崖边
我便从罅隙里生长
可以摸到云巅
若是将我放在川流不息的河道处
我便将礁石打磨成五颜六色
天空云层开明之时
便是搭着彩虹桥
歌唱的日子
将我放在风里
我便也成了风

红烛

我将山野的风
装进红色的灯笼里
点上红烛
烛火
在风里缠绕得越发厉害
我被锁在火里
不知从哪一个时辰

摘棉花

可以和我一起
去棉花地里摘棉花吗
我替你握住枝头
你把棉花从棉铃壳里拉出来
一小团一小团的
比天空的白云还白
我们就先放在筐里
阳光这么好
风也这么清朗
再去下一片田里
摘粒粒饱满的向日葵
聪明的，告诉我
它们是一个季节吗

云

我不会告诉你
我将一朵云
藏在了树下
风凌乱的样子
树叶总想扶住它
摇摇坠坠的飘零
大雨滂沱的清晨
比雪夜还要清冷
我在树下站立了很久
直到看见云

荧光

我在山岗上守着月明
风起的时候
萤火虫也开始泛着
苍茫的光
我等了三个秋夜
月亮在窑洞羞于见我
只将一颗遥远的星星派来
在云雾里若隐若现
好似一缕曾经见过的风
又摇晃着槐树
我提着一路荧光
一点一点
放在飘零的落叶上

山野的风

我是
山野里最勇敢的飞蛾
太阳炽烈,月光清冷
在每一寸土地上
飞向最极南的星星
在稀薄的空气里
颤动着薄翼
以最隽秀的姿态自燃
燃烧掉我整个身躯
还有我飞舞的魂灵
燃烧掉每一棵稻草
将整个麦田一并点燃
燃烧掉任意一棵枯草
燃烧掉每一粒土
冰冷的嘲笑开始跳跃
燃烧掉太阳和月亮

燃烧掉飞蛾和星星
燃烧掉整个山野里的风
燃烧

我想要的生活

我想要这样的生活
首先
我不与任何人攀比
我不需从与别人的比较之下
得到忧伤或者优越
那只是空虚者的悲惨活法
我只是我
还有
我喜欢睡懒觉
我喜欢我的床上很零乱
四处都是书和笔
刚刚穿上又换下的衣服
这样的感觉
很自由
为何一张床上还要那么多规矩
再者
我喜欢坐一块钱的公交车兜风

车上只有三三两两的乘客
我们谁也不认识谁
也不用交流
打开窗
最好是行驶在乡间的路上
风吹起我的长发
听到偶尔的几声喇叭
并不觉得刺耳
反倒悠扬
我还喜欢一个人走走停停
看见一朵野花
不是那么妖娆
恬静的美足以让我心动
我躬下身子
闻它的芬芳
或许
不自觉地将它摘下
当然
我通常还会邂逅
几位阳光少年
在温柔的阳光下

亲吻

然后别离

没有惆怅　没有哀怨

在一个夏日的午后

我会突然想起

某个人的脸庞

我想要的生活

就是这样简单

这样自由

我只想要潇洒地活着

潇洒得近似于胡乱

相互

那朵牡丹
开得正艳
蜜蜂谄媚的样子
十分怪异
她们相互安慰
又相互嫌弃

各有各的名字

其实,也没什么大事
树只是在枯萎的时候
让所有的落叶陪葬
每一片落叶孕育新的花朵
它们,各有各的名字

倒挂的真实

那些倒挂的真实
像一个个吊瓶
在冬季最阴冷的时候
悬在树上

熵

我被同时关进了
三个监狱
分别禁锢着我的
肉体！灵魂！自由意志
三个监狱
分别坐落在三座高山
隔着万千山河
月光同时照耀在隐蔽的
牢狱里
它们才能交汇
重新变成我
在死寂的黑暗里
它们各自画一盘月亮
怂恿着我越狱
月亮在千寻岛上
一千年只有一回
它们将三只月亮重叠一起时

永远会有缺口
尽管已经亿万年
当太阳熵亡
月亮也不会重生

红纱遮眼

你只需要将心开一个小口
像缝隙那么狭小
你看见了吗
有没有看见过江边的柳絮
对,像柳条上最顶尖的那一叶
只需要那么细小的一个小口
你看,我已经帮你把月亮关进了屋里
把最微弱的星星
即使是天边最遥远的那一颗
我也将它放在了罐子里
我把世上所有的光亮都装进了袋子里
把袋子也密封了起来
搁置在密室里
而我已经把密室的钥匙
放在黑海海底
再没有一只眼睛可以看见
你在这样一个漆黑的夜里

将心口轻轻地拉了一条小小的口子
对，闻到了腥味
有点像杜鹃花的腥味
你只需要开一个小小的口子
我便可以帮你把那些割裂你的
细长又锋利的丝线
慢慢地拉出来，替你绕着
放心吧
我也早已用红纱蒙住了眼睛

窗台的南瓜

窗口
有一个南瓜
穆然地听着今夜的风雨

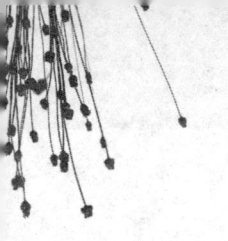

挽留

我坐在树梢
两只腿悠然地晃动着
月亮出现了又消失了
随风飘动的叶子
却没有停止的意思
在云层里喋喋不休
所有我失去的月光
都是我该失去的
就像失去的每一份朝阳
都有它们原本的去处
我从来不曾为庆幸
真正的挽留
擦肩而过的风
它撞见了我的懒惰和愚蠢
也没有笑话我

倒下的树

"我路过一棵倒下的树,
感觉它的枝叶正凝视着我"
我赶紧收回眼神
极速地向前快走了几步
几分钟后
我的脚步越来越慢
直至最终停下
转身跑向这一棵
横卧的树
它的枝叶凌乱
虽然此刻并没有风
尽管我手无缚鸡之力
我扎着马步
妄图扛起这一棵庞大的树
和满树凌乱的枝叶

独剩

把手指张开
漏下这世间的烦扰
和川流的风
漏下这催促的名利
和绵延的山坡
漏下山上的牛羊
和山岗上的日月
漏下世间万物
独剩一个我

燃烧的羽翼

我在火海烧尽熄灭时
才敢奔向你
这一次
我竟然没有因为我的怯懦
感到羞愧
我企图在残留的烟火焚尽的
空气里摸索到你一丝魂灵
我宁愿它们都飘走
它们凝聚在一起
可以在天上开出一朵盛开的花
今夜的风
比寒冬还要凛冽
如果有一丝你的魂灵还在人间游荡
我想将它轻轻放进花蕊里

诚愿下一世
你是雪莲
我是天山上的养花人

外婆家

小时候
外婆家在街上
街上没有水泥地
只要一辆车驶过
就会卷起漫天的沙尘
但每次听到远处的车笛声
小朋友们都立即跑出了门外
站在沙尘里
咯咯地笑

星空

我只是抬头
望了望星空
星星便一颗颗
落入我怀里

破的天

天都破了
为什么你还不出现
每个夜晚
从河边捡起一块块红红的
鹅卵石
碾成一片片红墨
在草坪上
画出一个一个你的样子
每个夜晚月亮出来了又躲开
悄悄地溜走了
它害怕我一直问它
你什么时候回来

出去的路

不要怕
我知道出去的路

我要种一棵苹果树
靠在树干处
只要轻轻伸手
就可以摘下一颗苹果

赤诚

我想把你画在画里
画里有低垂的稻穗
有三月的桃花和七月的酒
有南桥寺的钟声
双手合十的沙弥
你在画里永远年轻
我在画外永远赤诚

开炮

向我开炮吧
我跨在岩石上
射出了一个太阳

几根柴火

我捡了几根木柴
在漏风的竹屋里
费力地生了火
火团燃烧着又变得细微
慢慢地添一根柴火
这样的季节
定不能肆意的
风呜呜地吹
门呀呀地响
走进来一位穿着棉大衣的男人
第二天他带回很多的柴火
我以为晚上终于可以取暖了
结果他带着柴火在下雪的夜晚走了
留给我更多的寒凉
那夜我在风雪门口等了一夜中了风寒
在那个凛冽的冬季
躺在冰凉的木板上

只有一件单薄的衣衫
狠命地咳嗽
村子里已经没有什么人
不知道具体是哪一个日子
人们都离开了

采蘑菇

如果你没事的时候
可以多陪我说说话吗
我常常在山洞里
但我不会武功
我只是怕外面的雪
会淹没我
我没有衣衫
偶尔会出去
采一些蘑菇
放在草编的篮子里
我觉得你的声音
比下雪天洞口
冰凌融化的声音
还要好听

两只铃铛

榕树上
挂着两只铃铛
将昨夜的梦
塞进铃铛里
当风吹起之时
我就听见了梦的声音

若你告诉我前路很黑
我会在铃铛里为你掌一盏灯

阿叶

我记得
你叫阿叶
在青灰色的深巷
你拉着的铜丝线上
挂着我的生辰
怯怯地对着那夜的风说
别让她知晓
可风知道了
我怎会不知

斩狼柔情

我在丛林里
磨着斩狼的刀
只是为了可以更柔情

钟楼下

钟楼下的桃花树
钟声一声一声
桃花一朵一朵

小猴子

我是街头卖艺的小猴子
每天翻滚着无数个跟头
那天过来了一个小孩子
手上套着一个黄色圈子
我奔到他的跟前
用双手想扯断他手上的圈子
忘了主人在后面拿起了鞭子
我脖子上也套着一个很粗的圈子
那时我比小孩还要小的样子

用石头起誓

将一块小石头放在
胸口起誓
如红色的江面漂流的红枫叶
顺江而下
拾掇的星星
是前夜深深凝望的眸子
在礁石处旋转
给每一片叶子取一个名字
刻在星星上
一道潜入江流最深处
也许会在下一个漩涡处
又浮出水面
再给每一朵浪花取一个名字

雨,为什么下

每天,这雨
白天,晚上
一个时辰,一个时辰地下
好像不会疲惫一样
我在这屋子里等着雨停
恍惚等了一个世纪
我一个腿脚正常的人
仿佛成了一个四肢不便的人
杵着一根石桥下
盘着巨龙的清香木砍成的棍子
托着长长的拖地的
拖到河水里的袍子
湿漉漉的将河中央的荷叶都
淋成了鬼魅一样
雨水一串一串的生怕比谁
晚了一步
暴躁地

下在了山野的每一片泥土里
浸入湮没的梧桐下的羽毛
又长出了新的翅膀
所有的云朵在变成雨时
颜色变得更明亮了
仿佛知道这一场雨
要穿过无数个黑夜
我离天边的雨隔着千万里
雨却下进了我的梦里
一滴雨落在指尖
像那片河水里望月的莲
在冰凉的河水里的暖意
在梦里仅有的三秒依偎
白色就成了这一生的痴
若风吹来了雨里的云
我不会告诉他
雨为什么下

天荒地老

我开着吉普
穿过
清晨迷蒙的白雾和阳光
我把音响开到最大
吵醒草原最慵懒的雄狮
吉普像草原最健壮的骏马
在漫无边际的草原上
肆意狂奔
把追随的狮子甩在远远的尽头
我把音响关掉
嘶吼着唱出天下最豪放的野花
假如
我看见了草原
我就这样一直
开着吉普
唱到天荒地老

迷蒙

迷蒙的清晨的光
穿过浓浓的白雾
在漫无边际的草原
有一对犀牛
并排信步走着
它们没有讨论爱情
也没有探讨生死
没有说它们昨日傍晚时
看到的沙鹭
和饥肠辘辘又狂野的狮子

拾石

天刚蒙蒙亮
我便起床
一整晚我都忘不了
昨日傍晚
我取柴回家路过小溪边
一颗晶莹的鹅卵石
在水中朝我微笑的样子
我怔怔地立在那里
竟然忘了将它带回家
不知经过一夜风雨侵袭
它的笑还在不在
我匆匆赶往溪水边
看见
刚刚长出一只脚的蝌蚪
去年就躲在枯叶下的
毛毛虫
它没有化成蝶

也没有死去
那颗朝我微笑的鹅卵石
已经没有踪影

瓶子

我
把自己装进瓶子里
就听不懂
外面的语言
也吹不了
外面的风

立冬

最后一片黄叶
挣开树枝的挽留
飒飒而坠
光秃秃的树木
像将军一样威严
所有的凋零
跟冬
没有关系

百般慎重

镜面上铺满了灰
她用袖口缓缓擦拭
又小心翼翼地
哈一口气
又拎着袖口
接着来回擦拭
镜面仍然污浊
镜子里
她专注的眼神
模糊不清
又百般慎重

它和虫子

那片枯黄的叶子
的边角
像小齿轮一样
一只虫子在叶片中间
颜色过分鲜绿
它小口小口在吞噬
当又一阵风吹来
叶子狠狠摔落
它和虫子

星星

你仰着头
望着天空
小时候陪着你的
那颗星星
已长了白发

你轻轻地用力地
呼唤它的名字
只有它听得懂
你缓缓摊开手掌
柔光落在你手心

看见洒满星光的松石路
珍珠般晶莹

听风

当你说
在菜场支个摊位
杀鱼卖鱼的时候
我有些惊愕
你曾是在楼台听风的人

咯咯

她
心里住着一个小孩
在小溪边
咯咯地笑着
捉粉色的鱼儿
你走到她身边
你原本只是经过
给她一个粉红泡泡
她欢快地跳起来
像个三岁小孩
她的笑声在风里跳跃
而你在风里消失
泡泡在风里破碎
她原本只是一个小孩
在小溪边
咯咯地笑着

七颗石子

她们想要
天上的月亮
世间的百花
和围绕的飞蝶
我只想要
七颗石子
和一个蹲在地上
的小伙伴

银河

打开酒瓶
将银河
倒入碗里
嘴里
眼睛里

梦中的桥

当我弓着腰
拾地上的
纸和瓶子
请你不要看我
你看得见我
生活压弯的脊梁
看不见我
梦中的桥

风

风
从森林里转了一圈
又钻进我裤腿
窜到耳朵里
说
你不想做一棵树
就做风吧
来去自由
于是
我化作一缕清风
直直地冲向城墙
摔得粉碎
我忘了
风
天生是柔软

人生之外

总希望
有一些什么
使我可以跳出
人生之外

寻找

听到这风声
你们害怕吗

风
在寻找它的孩子
不然
不会这么疯狂

一颗星星

我是一颗星星
吊在半空中
我不想和其他星星
组成一个什么形状
我也不会坠落
成为陨石
我就是一颗星
在半空中或明或暗

梨花

当梨花
谢一地
又硕果累累
你从哭声中醒来
笑开了花

鸟儿的故事

我坐在
石阶上啃着煎饼
来往的行人
或许有三三两两
在读我脸上的随意
而我并不去
细究他们的表情
不一样的人
一样的人生
我更愿意去听
对面槐树上几只鸟儿
在唱它们昨夜的故事

煎饼的自由

这城市的噪声
扼杀了秋天的风
此刻
我并没有比一张煎饼
更自由

你说你是风

我一辈子也
不会揭开你的面纱
你弹的古琴
那么好听
她们说你狰狞
你说你是风

蝉

窗外
有一只蝉
一刻不停地叫着
一声　两声
无数的声音
像天上的繁星坠落
成一片银河

路

这是一条通往天堂的路
这条路上满是补丁

立秋

夏日在寻找情人的
如火一般的
路途中
把自己弄丢了
秋天却莫名地
在一场雨水中到来

那些终其一生都在寻找的
爱情
不过是一个关于月亮的
凄迷的梦
越寻找，越孤独

决定

当我们不知道
如何抉择时
冥冥中
自会有机缘
来替我们决定

秋月

秋日夜凉风习
又闻蝉鸣声声
在那个夏至
热浪侵袭的夜晚
有一只蝉
在槐树上唱破喉咙
苦等秋月

梨花落

梨花落
浇湿我一身
可我想要的
不只是梨花如雨
更有漫天的孔明灯
把黑夜照得
亮如晨曦

九月

我的翅膀
有九月
葵花籽初熟的味道

云的较量

我曾和一朵云
信誓旦旦地较量
我要变成太阳
它只要一夜风雨
我不会想到
那时的踌躇满志
竟成了这夜夜风雨中
无眠的惆怅

到来

我们总会来到
平静又辽远的旷野
只是
梦里咫尺的旅途
在白夜里要
翻越多少嶙峋的高山
经过多少川流不息的长河
我总会来到旷野
可我总不会突然到达

月色

若我来到海上
会捡起
一只贝壳
一只海螺
一颗星星石
会造一条船
在船上用明朗的月色
再织一道网
恰恰可以漏掉
在跋山涉水的旅途中
越来越长的烦扰

栅栏里的格桑花

粉色有荷叶边的
镂纱的上衣
纯白的像白云
一样流畅的牛仔裤
阳光从公交窗口照射
在无瑕的脸上
柔柔的清风吹动耳梢的
一缕黑发
……
每一刻看似
风平浪静的海面
都可能潜藏着
大海里最惊险的暗礁
所以
常常我说太阳的时候
被我说成了月亮

栅栏里开放的格桑花

只在院子里

开放就好

夜空

夜空中
没有哪一颗星星
不说谎

我们要经历多少
流浪的感情
才会最终
拥有避雨的屋檐
和火炉

写

阳光疏离
树影婆娑
我在阳光下走着
心里有一弯月亮
洒满清辉
我那么热爱太阳
却写不出太阳的光芒

小女孩

心里
住着一个小女孩
有多单纯
就有多受伤
我常常对她说
你要长大
她总是一脸纯真地
望着我
眼里满是委屈
多少次
我想把她从心里
放逐出去
看到她在荒凉中的背影
瘦削而孤独
我疯了一样地奔跑
紧紧抱住她
失声痛哭

倘若

倘若
没有爱上
不会知道
度日如年的滋味
像吊桥上
颤抖的木板
你每走一步
我晃荡得激烈
又小心翼翼

昨夜的风

我是江边的芦苇
听着风吹起
一层一层波澜
我随着江风摆动
这一刻的风
昨夜是否来过

致友人

所有的心乱如麻
在明日傍晚
都会成为天边一抹红霞
今夜
请你好眠

漂泊万年

那些绽放和凋零
哪一次
是随心所欲
那些风驰电掣的骐骥
一日千里
哪一步
不是马背上狠狠的鞭挞
而那挥舞的双臂
又何尝是自由的
就连手中的马鞭
在风中呜咽不止
呼啸而过的风
已经漂泊了万年

枫林霹雳

当我悲恸到
想号啕大哭时
眼里的泪珠如
弯刀出鞘
在枫林里霹雳

一株玫瑰

远远的像是一株玫瑰
走近却是不知名的花
它们红得不一样
旁边的座椅上
两个青年颜色比花还要红
不禁想起
我们
也曾这样坐在一起

坠入

我在山顶上
丢一颗石子
只是想听风的声音
它却坠入了深渊

另一个我

我要变成另一个我时
历劫了千万次
总是在最后

另一个名字

我想要一个世界
可上天只给了我
一片瓦砾
于是我在瓦砾上
画了一片星空
我给每一颗星星
取了跟我一样的名字

红杏

我从来不怕
魑魅魍魉
在月黑风高的夜晚
青面獠牙
我怕它们
在阳光里
对我低眉浅笑

遇见

幸好
在遇见时
你是未开的花苞
我是一颗晨露
即使后来
你一边枯萎一边狰狞
我一边消散一边委蛇

有些花

有些花
一辈子等不到月圆
有些树
本就在月亮上
有些鸟
在月亮里的树梢
啾啾而鸣
每一声都是那些花
的名字

信

昨夜狂风
将一片槐树叶
撕成碎屑
那零落的
告诉我
昨日清晨
它还是多么完整

而我竟然没有信
竟没有对它笑
每个起风的夜晚
我都会心碎

缺口

我用世上
最昂贵最精致的圆规
一遍一遍
从白天到黑夜
画千万个圆
每一个都有缺口

影踪

风还未来
有一颗雨滴
已经迫不及待
从空中坠落
当所有的雨水汇成河
只有那一颗
匆匆坠落
没了踪影

眼睛

我仰着头
望着你的眼睛
你的眼睛里
闪着星星
你微微笑着
就是不说喜欢

呼唤

两只小鸟
在呼唤彼此的名字
是否
每一声呼唤
都有回应

闪闪

只有心中有你的人
你在他眼里才会
闪闪发光

日月

我花了三千个日夜
用三千根发丝
织就一只
硕大的褡袋
期盼它能
装得下日月

上山

我们上山
砍一些竹笋回来
你背着弯刀
我提着竹篓
林子里烟雨迷蒙
你像一位武林高手
叠几块砖头
点上竹叶
竹筒里清香的白米饭
你总是让我尝第一口

孩子(一)

我心里
住着一个孩子
又住着一个王
我口袋里
装满了彩虹糖
独独差一个面具
于是
我尝试着
在沙土中画一个
巨大的面具
却每一笔都不顺畅
原来
它像是一张昆仑奴
又像是一顶皇冠

完成

我原本是一朵花
我以为只要
有土地　阳光　雨露
我就可以尽情绽放
于是
日夜我都在寻找
而我却日渐枯萎
我多后悔我领悟得太晚
每一片花瓣啊
生长和开放
都是在自我中完成

醉酒

我一坛一坛地灌酒
只有醉酒的时候
我才会那么大胆
把心剖开
将里面的沉重的
不知是泥土还是石头
或许是一座座大山
就算是山又怎样
我左手有酒
右手有铁锹

喊泉

如果蝴蝶飞来了
花会不会开
如果月亮
升上了柳枝头
夜会不会明媚
如果朝泉眼
喊一声你的名字
泉水会不会
喷涌而出

立夏

今天的风
特别凉爽
或许是春在风中流浪
然而
一切的来往总有
定数
我那么热爱春天
但对入夏的热情
欲拒还迎

果实的季节

永远
都不要放弃希望
叶子黄了的季节
果子成熟了

孩子（二）

每一个
内心敏感的人
都只是一个孩子
但生活却不会
饶过你的单纯

等待

乌云化作一场雨
潜入了大地
在轮回的宿命中
它们都没有等待
有一颗雨滴
在那片半开的玫瑰花瓣上
哭了

大动干戈

这雨
来时大动干戈
像草原上成群结队的野狼
对一只小羊虎视眈眈
走时悄无声息
它们竟不抹去嘴角的血痕
径直地走向远方

秋天

秋天到了
人们纷纷传言
是风吹谢了百花

我说我是云
我为这句话
后悔一生

冬季

那些铺天盖地
狂躁的暴风雪
最初
也只是墙角的
一朵娇羞的
小小的太阳花
等待太阳升起
等了一个冬季

西厢

当我每点燃一根红烛
我就觉得西厢
更温亮一些

慌乱的叶子

我在黑夜穿越丛林时
虎啸狼号
我告诉自己这只是梦里的
纸老虎
然而
我明明看见
它们凶恶的眼睛
闪着绿色的光
我慌乱捡起一片叶子
它竟然那么大
像海一样
淹没了我的头发和脚趾

红衣女子

我
终于理解了
悬崖上
摔落的
红衣女子
为何流着泪
挣脱
紧紧抓住她的
他的手

怀抱风

在山野
在田间
在林里
我　路走来
风儿
一路跟着我走
吹起我衣裙
和长发
我闭上眼睛
伸开双臂
满满的一怀抱风

秘密

我以为
风雨停了
未想
它们又来得更猛烈
像枝头凋零的花
下一个春季
开得更加
风姿卓绝
这就是轮回的意义

昨夜说不出的秘密
今夜依然开不了口

泥泞

窗外
那一串串雨滴
像你永远说不出口的
秘密
从天上落下
变成泥泞

午夜昙花

夜
那么宁静
似乎刚刚的风雨
是夜没有说出口的
情话
悄悄地来
悄悄地走
像午夜开放的昙花
悄悄地怦然心动

试探

晚上的雨
突然下起来
又突然停住
是风对春天的试探
小心翼翼
猝不及防

模样

孤独
是群星围着月亮
月亮
却找不见自己
孤独
是花儿在春风中开放
嗅着自己的芬芳
却见不到春风的模样

苍鹰

如果我是一只苍鹰
当黑夜来临时
我是继续飞翔
还是停在
悬崖的石壁之上

春暖花开

我很喜欢春暖花开
就像很喜欢月明星稀一样
向日葵在阳光下
逐渐粒粒饱满
麦浪在风里
由青绿变得金黄
我很喜欢的一条鱼
不知道它的名字
只是在我路过那片海时
它游进了我梦里

寒冬

我总是用新的寒风
来掩盖上一个冬天的
凛冽
或者
我会画一个太阳
告诉人们
昨夜的风并不苍凉
人们也不过是一只
树枝上的鸦雀

赠离人

樱花散落一地
又被风吹起
不知可是
凋谢的季节
不思盼

从来花谢不扰春
花锄不为葬花魂

太阳

不知从何时起
我披上了战衣
将一汪柔情
捏成一团子弹
我原本想像云一样
悠悠地来去
却渐渐地
长成一株不说话的树
我将太阳披在身上
就不再惧怕寒霜
当敌人向我涌来时
我便化作太阳

凉薄

我穿得凉薄
划着一只纸船
在浩瀚无垠的黑海里
一寸一寸地
捡起失落的星星
我看见天上繁星闪耀着
一颗一颗落入黑水里
你们难道都不曾看见吗
红鸟划过水面
立在一株曼陀罗的枝头
也未曾看见
它机警的眼睛盯着水面跳跃的
佛珠
一颗一颗沉入海底
我仍然在黑水里
一寸一寸拾捡
时间没有尽头
犹如黑水流向东

如果你也想要风

如果你也想要风
我将夏夜的凉风
送于你
倘若你和我在同一个季节
我们在茂密的榕树下
你靠着我的肩
我为你扇扇
而你告诉我
现在是最冷的寒冬
我便将风都收回
揣在我冰冷的肚兜
可我依然想将夏夜里
我为你扇风的蒲扇赠予你
可以让冬日的火焰更炙热

还我

把昨夜、前夜、上前夜
欠我的
今夜一并还我
让山上奔跑的兔子
又重回榕树上

我不与你说话

我不与你说话
只是在你望向我的眼里
低低地垂下了头
我在风里行吟着
不要你听见这风呼啸
我在风里行吟着
不要你听见我的行吟
给我一点时间吧
那是花开需要的一夜
我将碎落在地上的花瓣
一瓣一瓣捡起
拼成风来之前的样子
待你再见到我时
我是一朵盛开的花

白果

每个人有每个人的懦弱
凌晨一点四十
我做一名勇敢的人
在银杏树下
大声朗读密封的信笺
夜晚的云朵
看不见颜色
白果一颗一颗落入
小船一样的鞋子里

奔向你

假如你奔向我
我迎接你时
先迈出颠簸的左脚
不为考验你
只是比起相爱
我更热爱自由
可是，如果你在黎明前来
我会悄悄藏住这只脚
悄悄惊喜又悄悄慌乱

太阳之外

陷入市井的人
永远无法跳脱市井
井底里的水
攀爬了百年
仍然无法孕育出一朵鲜花
我站在太阳上
俯视无穷尽的天空
可我仍然无法触碰太阳之外

蜡梅

就算是一车的蜡梅
留下一路香味
将每一块躺在路边的石子
牵引着站立
划过大雪纷飞的季节

自行车上载满一车的蜡梅
芬芳散落一路
寒冷的冬季
蝴蝶早已飞走

竹子林

冬夜里南山上的竹子林
被大雪压弯
这纷纷大雪再持续
几个日夜
竹子林将被冻成一片静默
昨夜一只残鸣的鸟儿
摔落在地上
掉落的竹叶温柔地
盖在它的清丽的羽毛上
这是这漫天寒霜最后的温柔了罢

预谋

当一切
以远远低于世界赫兹慢下来时
连风都有了预谋

我想写

我想写热烈
可我却写出了寒冷
正如我想去看朝霞
却在山上等了一天落日
不管怎样
我看着你从山那头
冒出的身影越来越近时
仿佛看见
太阳逐渐升上了天空
世界需要悲情让我感知什么是美
更需要热烈让我感受到什么是力量

木屋

你引着我一路小跑
山上有一间木屋
你前夜刚发现
我们满头大汗地
奔驰着
像两只快乐的小马
推开门
就撞见一屋子花开
纷纷扬扬
春天落满怀

荡漾的芦苇

我不会把荡漾的芦苇
分开成两列
中间留一条狭长的路
芦苇没过了我的头顶
我站在路中央
像一个三岁小孩
风从遥远的山上
吹到这一片芦苇荡里
每一处都狂獗
它们焦灼地划破我的脸颊
我在这条狭长的路上狂奔
被绊倒了若干次
我不会把荡漾的芦苇
分开成两列
我要让它们成一片海洋

今夜,我要远行

今夜,我要远行
背上
重重的行囊
石头　树枝和花

溪水
静静地流
在诉说
月亮被夜风
悄悄牵走

猫头鹰
没有睡觉
轻声说
送行的火把会将
溪水
照亮

悲哀的英雄

——致×××

我不想写政治诗

我也不想为道德叫嚣忠诚

我只想跟你说几句心里话

就我们两个

门外没有贴紧的耳朵

我只想说

我最最亲爱的×××

我们是一样的

我就是你

你就是我

我们的灵魂在生命的坟茔里尽情地旋舞

近乎疯狂

伴奏的丧歌是如此美妙

使我们痴迷

有如地狱的召唤

惊醒了浮华的噩梦

在冰与冰的战斗中
两颗灵魂不期而遇
在你面前
我大胆吐露内心的丑恶
在我面前
你也抖落灵魂的纤尘
不再隐藏　懦弱　悲哀
我们卸下尘世的铠甲
赤身裸体
相视而笑

一生的梦

我不愿被骄奢的血液
奉为高贵的女王
我不想统治它们

因为
我想起了我的童年
栅栏外清澈的小溪
鱼儿欢快地嬉戏
悄悄诉说着甜蜜的相思
蝌蚪在妈妈的怀里静静入睡
鹅卵石穿着粉色的睡衣
做着七彩的梦

在那里
有一条小鱼静静地守候
为我
茁壮成长

断诗

欲言又止的慌张
百转千回
像车辊辘
在崎岖坎坷的山路
颠沛、流离
忍不住悄悄地问
泉水啊
我的心啊惊涛骇浪
你可有涟漪

奔跑的小鹿

我是奔跑的小鹿
如果你在森林里遇见了我
看见我头发湿了
手指淌着水流
可以把我领到太阳底下
晾干吗

缱绻的风

我连这个男人的样子
都没有看清
就在一起
午夜从寂静中醒来
月色分外清冽
透过窗格照到他的脸上
从未来过我梦中的人
从未在徜徉的江畔遇见
从未在山岗上和溪水边
吹过同一缕风拾过同一颗石头
月光变幻着颜色
我们也变幻着模样
在无穷的岁月和不尽的川河
不变的只有缱绻的风

从未

我从未对谁说想你
只是在芦苇漂洋过海的夜里
从汪洋划舟到了月牙洞里
折叠你捡起的银杏叶
金黄的像一只载我回崖的小舟
画上你在柴火前熊熊的剑舞
对着月牙儿
叫出你的名字

垂柳

将冰川和雪山
放在鞋子里
将河畔干瘦的垂柳
画成一弯新月
若在大雪纷飞的时节
跳起惊鸿舞
我不会再捡起一片落叶

背影

望着你的身影
渐渐消弭
一道长长的望不到尽头的路
狭窄到只能你一人行走
连押你离开的黑白无常
也被挤下了忘川河
雾气愈来愈重
仿佛闻到了冥界气味
我不同你道别
你在遥远处待我
如同待一个春天
我不同你道别
如同雪山不同蜡梅道别
我想你待我又怕你待我

海底

如果我在海底时
想将自己救起
而这样一份如果
我在
梦里连续做了七年

归鸟

一提灯笼
一抹白纱
在龙岭蜿蜒的脊梁
踏出一步步莲花
吹皱碧水的风
今夜在田埂处
挽救一只归鸟

寒夜

我在血腥场上为心修补丁
白色的衣裳流出鲜艳的血
只有线头处还有一丁的白
像遗落在沙漠的一朵云
在某一个过去被我
恰恰拾起
装在最深的肚兜里
只要有一抹白就好
我能在寒夜
再捧出一颗红心
慎重地包裹在白云里

秋千

有一种
我看不见的美好
在脑海里飘荡
像芦苇编织成的秋千
将我荡在了天上
拈起两朵白云
一朵戴在头顶
一朵装进锦绣的口袋

所有

所有被强加的东西
都会被强行拿去
那些被命运强加的苦难
却被善良的人默默承受
如果我有一双翻云覆雨的手
我让这世间,不见风雪

但是,只有阳光的日子
会不会觉得阳光太久

相 思

把相思灯取下
挂上一抹红纱
诉一衷情长
在纸船里流淌
倾心的月亮
待我明日无有风起
再挂上

我喜欢听

我喜欢听
你的脚步声
由远及近
渐渐清晰　像倾听
夜晚淋在芭蕉叶上的
雨滴声
喜欢听见
你叩门的声音
我站在门后
穿一件半露的衣裙
探出头
轻轻打开门缝
看见你明亮的眼睛
装满星辰

冻僵的猫

雪竹林里冻僵的流浪猫
淹没在厚厚的雪层
有一只去年冬至时节的羊
曾悄悄从羊群出逃
在离雪竹林
只有十米的路程时
它的伙伴将牧羊犬
带到了它的跟前
滚沸的柴火
呼啸的雪

小松鼠

森林里的风
用红纱蒙住眼睛
肆意地席卷
让每一棵树上的叶子
悉数散落
猴子们发生尖利的叫声
惊恐地逃离
有一只小松鼠
独自捡起被风打落的果子
挂在枝头

一缕风

眼睛闭上
下颚轻轻上扬
睫毛下的阴影
有一个童话森林
手指交给我
不会给你一朵玫瑰
我会为你变一缕风

琉璃

你朝我走来
款款如天上的云
风儿轻轻飘扬
我的背篓里
装着琉璃的光

第一道风

可以借给我一把水晶做的勺子吗
我想在今夜没有风和蝉鸣的窗台
将心里的缝隙撑开
一勺一勺舀起心底的汪洋
啊,我知道你没有
你更没有一把水晶做的勺子
如果你有,可能你已经借给了
前夜的萤火虫
它一闪一闪的样子真可爱啊
如果我有一把水晶做的勺子
我也会借给它
它不用舀起心里的水
它可以让荧光更加闪耀
谁会不喜欢闪耀呢
如果我说我也是一只萤火虫
我在蓝色的山里
叠着一圈一圈的荧光

可能那山岗上的月明不会再相信了罢

我说我是萤火虫

我说我是山上的明月

我说我是一棵直耸云霄的图腾

我不再要水晶做的勺子也罢

折一只琉璃船

送我进汪洋

不会再有暴风雨了罢

明日我要早起去吹山岗第一道风

高地

人们并不懂得
什么叫引人入胜
人们只是热衷于吹捧
他们以为吹捧时
自己也占据了高地

苏醒

我倒在血泊里
奄奄一息
我知道我会苏醒

一兜星光

星星落在竹林深处
有着绿色眼睛的蓝猫
猝不及防地跳跃
被一地竹叶
刮伤了眼睛
它拎着一兜的星光

捧着你的痛

我会双手捧着你的痛
不会将它打碎
用红烛写在锦帛里
慎重地让梨花开
即使冬季一遍一遍来临
我会把你放在春天里
流水的日子啊
在一天天逝去
我慎重地
捧着你的每一滴泪水

起风的日子

起风的日子
总是凌乱了天上的云
在丛林里的每棵树
都将叶子藏起来
风也没有散去
好似见着了树的心思
我从丛林北极
走到最南端
身上落满了
林林总总的树叶
它们有不同的形状
有着同样的枯黄
你不必再躲在风里
轻抚我手指
我在漫天的落叶里
找一片偷偷落泪的叶子

槐花树

那天
我把你埋在槐花树下
风起了
白色的槐花零落
像你甜甜的笑脸
天上白云飘飞
像你穿着白裙
朝我奔跑而来
我想尽可能
活得更久一点
我怕我死了
没有人再记得你

麦田

又起风了
天黑了不止一个傍晚
太阳被一支弓箭射进了
树洞
鸦雀飞去了
蓝色的喇叭花
依然在墙角盘绕
数着斑驳的瓦砾
世界一切
都井井有条
可我心里始终有个缺口
呼啸着
我举起一把火
点燃整个麦田

关掉

关掉灯
把窗外的月光也关了
湖水中央
一颗绿色猫眼石
发着悠悠的绿光
也关掉
吊脚楼上新挂的灯笼里
昨夜刚刚点亮的蜡烛
也熄灭掉
天那边
还有一颗星星亮着
别忘了关掉